Misión Tierra 5

PIZCA DE SAL

1.ª edición: marzo 2014
3.ª impresión: noviembre 2017

Dirección de la colección: Olga Escobar

© Del texto: Ana Alonso, 2014
© De las ilustraciones: Sr. Sánchez, 2014
© De las fotografías de cubierta: 123 RF/Quick Image
© De las fotografías de las fichas: Archivo Anaya
(Leiva, Á; Martin, J. A.; Peña Tejera, G.; Rico, J. J.;
Rivera Jove, V.)
© Grupo Anaya, S. A., Madrid, 2014
Juan Ignacio Luca de Tena, 15. 28027 Madrid
www.anayainfantilyjuvenil.com
www.pizcadesal.es
e-mail: anayainfantilyjuvenil@anaya.es

Diseño de cubierta:
Miguel Ángel Pacheco y Javier Serrano

ISBN: 978-84-678-6104-4
Depósito legal: M. 2452/2014
Impreso en España - Printed in Spain

Las normas ortográficas seguidas son las establecidas por la Real Academia
Española en la *Ortografía de la lengua española*, publicada en 2010.

Ana Alonso

Misión Tierra 5

**Ilustraciones
de Sr. Sánchez**

Capítulo 1

Adrián abrió los ojos y se vio envuelto en una luz verdosa. Parpadeó, desorientado. ¿Dónde estaba? Aquella no era su habitación.

Entonces, de golpe, todo volvió a su memoria. El embarque en la nave espacial Maverick, los consejos de sus padres antes de meterse cada uno en su cápsula de hibernación...

Estaban viajando a Tierra 5. Seguramente habían llegado ya, porque de lo contrario él no estaría despierto. Se suponía que los treinta miembros de la expedición tenían que pasarse todo el viaje inconscientes dentro de sus cápsulas. Solo despertarían después de haber aterrizado.

La cápsula de Adrián estaba abierta. Con mucho cuidado, se quitó los cinturones que lo sujetaban. Si todavía se encontraban viajando por el espacio, saldría flotando, porque la gravedad dentro de la cámara sería cero. Pero eso no fue lo que ocurrió. Y eso significaba que habían llegado a su nuevo planeta.

El muchacho se sentó en el colchón y puso los pies descalzos en el suelo. La cabeza le daba vueltas. Sus piernas le parecieron más largas de lo que recordaba. Pero claro, había pasado casi un año dormido... y seguramente habría crecido en todo aquel tiempo.

Adrián miró a su alrededor. ¿Dónde estaban los demás? Quizá no habían despertado aún... ¡Qué mala suerte, ser el primero!

De todas formas, sabía lo que tenía que hacer. Debía buscar a Yuna, la supervisora robótica de la nave. ¿Dónde estaba la escalerilla que subía a la sala de navegación? Atrás, seguramente...

Adrián pasó ante un par de cápsulas que también estaban abiertas y vacías. Eran la de Esther y la de Irene, las otras dos niñas que participaban en la expedición. El resto eran adultos... y sus cápsulas permanecían cerradas, señal de que aún no habían despertado.

Adrián meneó la cabeza, preocupado. Lo normal habría sido que los adultos despertasen antes

que los niños. Se asomó con una mezcla de miedo y curiosidad a la cápsula de su madre. A través del cristal empañado, vio su rostro plácido, con una sonrisa en los labios. Bueno, al menos parecía estar disfrutando de un buen sueño.

Le pareció oír voces procedentes de arriba, y reanudó la marcha. Las piernas le temblaban un poco: había perdido masa muscular durante su largo descanso en la cápsula, y tardaría en recuperarla. La cosa se volvió aún más difícil cuando tuvo que empezar a subir los peldaños metálicos de la escalerilla. Suerte que no era demasiado larga...

Al sacar la cabeza por el agujero del techo, Adrián vio a Esther y a Irene sentadas en el suelo delante de Yuna, escuchando sus instrucciones. Las dos niñas se volvieron cuando el robot clavó sus ojos de cristal fotosensible en Adrián.

—¡Por fin te has despertado! —dijo Irene, sonriendo—. Menos mal. ¿Ves, Yuna? No hace falta ser tan pesimista.

Esther miró a Adrián con una chispa de alegría en los ojos, pero no dijo nada. Normalmente no hablaba mucho. A Adrián a veces le molestaba que fuera tan perfecta. Durante los entrenamientos de preparación, siempre era ella la que contestaba primero, o la que obtenía mejores resultados en las pruebas físicas. Y aún así, no era demasiado presuntuosa... Más bien parecía un poco tímida.

La voz metálica de Yuna interrumpió las reflexiones de Adrián.

—Os dije que él despertaría —dijo—. Eso no significa que los demás vayan a hacerlo. No os hagáis ilusiones, chicas.

—¿Qué pasa, hay algún problema? —preguntó Adrián, sorprendido por aquellas palabras.

Irene y Esther se miraron.

—Díselo tú, Yuna —rogó Irene—. Tú lo explicarás mejor que nosotras.

La robot lanzó un teatral suspiro a través de su rejilla delantera de ventilación, diseñada en forma de boca con los labios pintados.

—Está bien. Parece que ha habido un accidente, Adrián. He estado comprobando todos los datos y hay un error en la programación de las cápsulas de los adultos. En teoría deberían haber despertado hace tres días, que es cuando llegamos a Tierra 5. Pero siguen dormidos, hibernando.

—¿Y nosotros? —preguntó Adrián—. ¿Cuándo teníamos que despertar?

—Hoy —replicó Yuna—. Vuestro programa se ha cumplido... Es el de los adultos el que no funciona.

Adrián notó que se le hacía un nudo en el estómago. Era miedo.

—¿Eso significa... qué va a pasarles? —preguntó, intentando dominar el temblor de su voz—. ¿No van a despertar?

Las bombillitas del pecho de Yuna pasaron del amarillo al azul y luego al verde.

—Según el ordenador de a bordo, despertarán, sí... pero dentro de ocho meses.

Adrián miró a Irene, y luego a Esther. Las dos parecían tan asustadas como él.

—Pero eso es absurdo —protestó Adrián—. ¡Tenemos que despertarlos antes! ¿Cómo vamos a cumplir la misión, si no? Mi madre me lo explicó muy claro antes de subir a la nave. Tenemos ocho meses para demostrar que el planeta es fértil y que puede utilizarse para la agricultura. Si no lo conseguimos, no nos dejarán quedarnos a vivir aquí... y convertirán el planeta en una base militar.

—Eso ya lo sabemos —dijo Irene—. Por eso le estaba diciendo a Yuna que tiene que ayudarnos. Hay que despertar a los mayores cuanto antes... ya.

—Vosotros no lo entendéis —dijo Yuna. Su voz metálica sonaba quejumbrosa—. Yo no puedo alterar el programa de las cápsulas de hibernación. Sería muy peligroso, podrían morir... No pienso correr ese riesgo.

—Pero, entonces, ¿qué vamos a hacer? —preguntó Irene—. Sin ellos, la misión será un fracaso. Igual que Tierra 3, y que Tierra 4...

—No tiene por qué ser un fracaso —dijo Esther, pensativa—. Ellos están dormidos, pero nosotros no. Lo único que hay que hacer es seguir con la misión... Sin ellos.

Adrián la miró horrorizado.

—A ver, a ver, un momento. ¿Quieres que lo hagamos todos nosotros solos? ¿Preparar la tierra, plantar las semillas, vigilar el crecimiento de las plantas, esperar a que den fruto y recoger la cosecha? ¡Es una locura!

—Yo creo que no. Nuestros padres solo iban a dirigir las operaciones, el trabajo deben hacerlo los robots. Los que traemos nosotros y los que ya están en el planeta, preparándolo para nuestra llegada.

—Sí, pero para dirigir ese ejército de robots, tendríamos que saber qué es lo que tienen que hacer —objetó Irene—. ¡Y no tenemos ni idea!

—Lo estudiaremos... Un momento, ¿qué ha sido eso? —preguntó Esther.

Todos lo habían oído. Un débil chirrido en la escalerilla, y luego otro, y otro más lejano... ¡Alguien estaba bajando!

Los tres se lanzaron como balas hacia el agujero de la escalerilla. Adrián llegó el primero, justo a tiempo de ver una silueta que se deslizaba a toda velocidad hacia la zona de las cápsulas de hibernación.

—¡Eh, espera! ¿Quién eres? —gritó.

—No va a contestarte, ¿no ves que intenta esconderse? —dijo Esther.

Irene empezó a bajar las escaleras.

—Vamos, venid conmigo. ¡Tenemos que encontrarle!

En la planta de abajo solo se oía el débil rumor de las baterías que alimentaban las cápsulas. Irene, Adrián y Esther empezaron a avanzar con precaución entre ellas. Parecían sarcófagos fluorescentes.

—Un momento: esta es mi cápsula, y no debería estar cerrada —dijo Adrián.

El corazón empezó a latirle tan deprisa que le hacía un poco de daño en el pecho. ¿Quién se estaba escondiendo dentro de aquella cápsula? No sabía si estaba preparado para descubrirlo.

Pero no tuvo tiempo de darle muchas vueltas, porque Esther alargó las dos manos y levantó la tapa de la cápsula.

Allí tumbado, con los ojos brillantes y una sonrisa de oreja a oreja, había un chico de su edad, un chico que no formaba parte de la misión y al que no habían visto nunca en su vida.

Esther retrocedió, sobresaltada.

—Pero tú... tú... ¿quién eres?

—Hola, Esther, encantado. Adrián, Irene... Soy Perceval Cliff, pero podéis llamarme Puck.

Capítulo 2

Lo siguiente que ocurrió fue que a Yuna le dio un ataque de nervios.

—¡Emergencia! ¡Emergencia! Yo ya no puedo con esto, ¡tiro la toalla! —empezó a gemir—. No debí darle permiso a Asek para que saliese de la nave a explorar. ¿Y ahora que hago yo? ¡Alarma! ¡Emergencia! ¡Socorro! ¡SOS!

—¿Qué le pasa? —preguntó Puck, el intruso—. Nunca había visto a una robot ponerse así. ¿Está estropeada?

Yuna le miró con sus brillantes ojos de cristal fotosensible, que se habían vuelto más oscuros.

—¿Estropeada? ¿Estropeada yo? —vociferó—. Yo no me estropeo, querido, soy un modelo fx500 de última generación. La palabra «avería» no entra en mi vocabulario.

—Lo siento. Es que nunca había visto a un robot tan enfadado.

—Mi capacidad de enfado es similar a la de los humanos —afirmó Yuna con orgullo—. Puedo ponerme tan furiosa como cualquiera de vosotros, ¿qué te crees?

Puck miró a los otros niños.

—¿Y eso es una ventaja? —preguntó.

Adrián hizo una mueca, y Esther se encogió de hombros. Irene sonrió, aunque no venía muy a cuento.

—Cuanto más se parece un robot a un humano, más fácil es tratar con él —explicó—. Eso es lo que dice siempre mi madre. Es programadora y supervisora de robots. Está en esa cámara de ahí, inconsciente.

Puck miró hacia el sarcófago azul que indicaba Irene.

—No lo entiendo. ¿Por qué no han despertado las personas mayores? Según mis cálculos, deberían haber salido de sus cámaras hace tres días, pero siguen dormidos. ¿Por qué?

Yuna le miró fijamente.

—Eso es lo que nos preguntamos todos —dijo—. Algo ha salido mal. Alguien ha alterado el programa de hibernación... ¿Y sabes lo que creo? Creo que todo esto tiene que ver contigo.

Puck enrojeció.

—Un momento... Es verdad que alteré un poco la programación de las cápsulas —confesó, con los ojos clavados en el suelo—. Pero solo la de las cápsulas infantiles. Era lo que necesitaba para poder colarme en una de las que estaban libres sin ser visto.

—Pero ¿por qué? —preguntó Adrián—. ¿Por qué demonios te has colado en nuestra misión? Todos hemos venido aquí con nuestros padres, estaba programado que viniéramos.

—Yo ni siquiera quería venir, al principio —dijo Esther—. Estaba participando en la Olimpiada Matemática y había superado la fase regional. Me la he perdido por culpa de todo esto. Y he estado un año entero dormida, sin ir a clase ni aprender nada.

—¿Y eso es tan malo? —preguntó Puck sonriendo.

—Para mí, sí.

—Lo que quiere decir Esther es que para todos nosotros ha sido un sacrificio dejar nuestras vidas y venir en esta nave a Tierra 5 —dijo Adrián—.

Pero tú has venido por tu propia voluntad. Y has corrido muchos peligros para colarte en una misión tan complicada como esta, me imagino. ¿Por qué?

Durante unos segundos, Puck miró a los chicos en silencio.

—Venid conmigo —dijo de pronto—. El mirador de observación está por aquí delante, ¿verdad? Vamos a echar un vistazo a Tierra 5. Todavía no habéis visto vuestro nuevo planeta.

Todos siguieron a Puck hasta el mirador, incluida Yuna, que parecía haber entrado en una especie de trance. Sus ojos se habían vuelto de color plomo, y de sus labios brotaba una especie de burbujeo lejano.

Al asomarse a la enorme ventana del mirador, Adrián entreabrió la boca, asombrado. El paisaje que se extendía a su alrededor era maravilloso. Estaba oscureciendo, y dos lunas redondas y plateadas, una más grande y otra más pequeña, brillaban en el cielo. Una llanura ondulada de tierra oscura se extendía a su alrededor, salpicada por lagos de color azul turquesa, tan brillantes como si estuviesen iluminados por dentro. Más lejos, en las colinas, crecía un bosque de árboles que a la luz del crepúsculo parecían verdes y azules.

—¡Qué maravilla! —exclamó Irene—. ¿Aquí es donde vamos a vivir?

—Solo si la misión sale bien —murmuró Puck—. Si no, tendréis que iros. Como me pasó a mí.

Todos se volvieron a mirarlo, menos Yuna, que seguía emitiendo sonidos raros con expresión ausente.

—¿De qué estás hablando? —preguntó Esther.

—Yo participé en una misión muy parecida a esta. Misión Tierra 4 —dijo Puck—. A lo mejor habéis oído hablar de ella.

—Claro que sí —contestó Adrián—. La misión fracasó. Por lo visto, el equipo de colonizadores no pudo conseguir que el planeta fuera fértil. Sin cultivos, no puede establecerse la población. Hay que usar el planeta para otras cosas... Ahora, Tierra 4 es una base militar del Imperio.

—Sí. Eso fue exactamente lo que pasó —murmuró Puck con el ceño fruncido—. La misión fracasó, pero no porque el planeta no sirviera para la agricultura. Tierra 4 era un lugar maravilloso, un satélite del planeta Jano, con mares de color verde, montañas nevadas y bosques de color rojo. Todos nos enamoramos de él en cuanto lo vimos... igual que os ha pasado ahora a vosotros con Tierra 5.

—¿Qué fue lo que salió mal? —preguntó Irene con suavidad.

Puck meneó la cabeza con expresión triste.

—No lo sé. Dijeron que el planeta tenía la culpa, que la tierra no era fértil ni buena para plantar. Pero yo creo que no era eso. Creo que alguien saboteó la misión. Las semillas no brotaron porque estaban alteradas genéticamente. Mis padres son ingenieros genéticos, analizaron algunas semillas a su regreso a casa e hicieron un informe. Pero no fue admitido. No solo eso... a los dos les despidieron de su trabajo. Ahora han montado una clínica privada para crear mascotas de colores. Ganan mucho dinero... pero no son felices.

—Ya. Pues tienes una manera muy rara de ayudarlos —dijo Adrián, sin poderse contener—. Escapándote de casa y colándote en una misión espacial donde no deberías estar.

—No lo entendéis. Tengo su permiso. Al principio no querían dejarme, pero me vieron tan decidido que hasta me ayudaron a conseguir el código para alterar las cápsulas de hibernación y poder colarme en la misión.

—Pero ¿para qué? —preguntó Esther—. ¿Qué intentas demostrar?

—Que el fracaso de Tierra 4 no fue una casualidad. Alguien está saboteando estas misiones para quedarse con los mejores planetas y convertirlos en bases militares. Lo hicieron con Tierra 4, y algo me dice que intentarán hacerlo también con Tierra 5. Pensé que sería una buena idea advertíroslo, para que estuvieseis en guardia. Y mis padres pensaron lo mismo.

—Pero para eso no hacía falta que te colases en la misión, ¿no? —dijo Irene—. Tus padres podrían haber enviado el informe sobre las semillas al Mayor J, que es el jefe de la misión.

—Lo hicieron, y el Mayor les hizo caso. Encargaron las semillas de la misión a un laboratorio independiente. Pero eso no basta. Esta vez no lo intentarán con las semillas. Harán otra cosa.

—Como cambiar la programación de las cápsulas de hibernación —dijo Yuna.

Sus ojos volvían a ser azules y cristalinos. Miraba fijamente a Puck.

—¿Crees que es lo que han hecho? —preguntó el chico.

—Eso es una bobada —dijo Adrián, perdiendo la paciencia definitivamente—. ¿De verdad os creéis las mentiras de este tipo? Todo son tonterías.

¿Para qué iban a gastarse miles de millones en enviarnos aquí, si quieren que la misión sea un fracaso? No tiene ni pies ni cabeza. Y sobre las cápsulas de nuestros padres... apuesto a que las ha averiado él. No sé si a propósito o sin querer, al alterar el código para meterse en una de las cápsulas vacías. Pero la culpa es de él, estoy seguro.

Las chicas miraron a Puck con cara de desconfianza. Pero Yuna dio un paso y se colocó al lado del chico.

—No, Adrián, creo que te equivocas —dijo—. He estado revisando los códigos de las cápsulas mientras hablabais, y creo que debéis estarle agradecidos a Puck. Había un error de programación. Todas las cápsulas estaban programadas para despertar a sus ocupantes dentro de ocho meses. Pero Puck alteró el código de las cápsulas infantiles, y gracias a eso vosotros os habéis despertado a tiempo.

—O sea, que encima tenemos que estarle agradecidos —resopló Adrián.

—Oye, sé que esto es difícil para vosotros, pero yo solo quiero ayudar —dijo Puck—. No sé si os dais cuenta, pero si queréis que la misión no fracase vais a tener muchísimo trabajo en los próximos meses.

—Eso es verdad —dijo Yuna—. El comité de evaluación se presentará justo dentro de ocho meses. Exactamente el día en que se supone que despertarán vuestros padres. Si se lo encuentran todo sin hacer, darán por fracasada la misión.

—Tenemos que impedirlo —dijo Irene con gesto decidido—. Aunque no sé cómo...

Un estruendo de compuertas metálicas los sobresaltó a todos.

—Por fin —suspiró Yuna de una forma que casi parecía humana—. Asek vuelve... Él nos dirá por dónde debemos empezar.

Capítulo 3

Asek entró en el mirador con todas sus luces de colores parpadeando al mismo tiempo. Como robot, no se parecía en nada a Yuna. Sus ojos eran dos ranuras amarillas en un cilindro lleno de botones, y su boca una pantalla que se encendía cuando hablaba, mostrando una gráfica de color rojo.

Asek no era un robot remilgado. Estaba hecho para explorar ambientes hostiles, y tenía nervios de acero... nunca mejor dicho. Nada le alteraba, por extraño o inesperado que fuese. Quizá por eso, al ver a Puck no mostró ni la más leve sorpresa.

Yuna le explicó con voz entrecortada lo que había pasado, y Asek no la interrumpió en ningún momento. Los dos robots se llevaban muy bien, a pesar de lo diferentes que eran. Si en lugar de ser robots hubiesen sido humanos, Adrián habría pensado que

había algo entre ellos. O sea, que estaban enamorados... Pero los robots no se enamoran. ¿O sí?

Cuando Yuna terminó de hablar, Asek inclinó varias veces hacia delante su cuerpo cilíndrico. Era su forma de indicar que había comprendido.

—Está bien. Veo que la misión no puede continuar como estaba previsto —dijo. Tenía voz de señor anciano, no parecía una máquina cuando hablaba—. Tenemos dos opciones: informar al comité de que hemos fracasado, o intentar adaptarnos... y hacer lo que podamos antes de que venga el comité de evaluación.

—¿Crees que todavía es posible sacar adelante la misión? —preguntó Yuna en tono angustiado.

—Es posible. Pero todos tendremos que trabajar muy duro... Todos, también el intruso.

—¿Y qué tenemos que hacer? —preguntó Irene—. Es algo relacionado con cultivar plantas, ¿no?

—Mi madre me lo explicó antes de embarcar —contestó Esther—. Me dijo que cuando despertásemos tendríamos que cultivar la tierra, criar abejas polinizadoras y conseguir que los cultivos diesen fruto. Si demostramos que el planeta es cultivable, vendrá más gente a instalarse en Tierra 5, y formaremos una auténtica colonia.

—Es correcto —dijo Asek—. Lo mínimo para aprobar el examen del comité es cultivar tres plantas distintas y conseguir una cosecha de cada una de ellas. Al menos dos tienen que polinizarse mediante insectos, y una mediante el viento.

—¿Polini qué? —preguntó Adrián. Todo aquello le sonaba a chino.

—Polinizarse —repitió Esther—. ¿Es que no has estudiado en el colegio el ciclo de las plantas? Primero, se planta la semilla; luego, hay que regarla para que germine y forme un pequeño tallo, raíces y hojas. Después, la planta va creciendo, y para reproducirse forma flores.

—Eso ya lo sé —interrumpió Adrián, que no quería quedar como un ignorante—. Y también sé que las flores tienen cáliz, corola, estambres y pistilos. Los estambres dan granos de polen. Los granos de polen forman un tubo para entrar en el pistilo y unirse con el ovario, que está dentro. Eso es la fecundación, y a partir del ovario fecundado, se forma una semilla para volver a empezar el ciclo.

—Sí, y el resto de la flor se transforma en fruto —dijo Esther—. Bueno, pues la polinización es cuando el grano de polen llega a una flor para fecundarla, y puede llegar de varias maneras: por el viento, por el agua o transportado por un insecto.

Puck aplaudió con cara de aburrimiento.

—Muy bien. Sobresaliente. Pero me da la impresión de que no sabéis nada realmente útil sobre agricultura.

—Sabemos lo suficiente —se defendió Adrián—. Hay que plantar las semillas, esperar a que germinen, vigilar a las plantas mientras crecen y florecen, y al final recoger los frutos.

—Ja. Como si fuera tan fácil —se burló Puck—. Esto no es la Tierra, ¿sabes?

—No es la Tierra, pero se parece muchísimo —dijo Esther—. Durante cincuenta años, un equipo de robots ha estado preparando el planeta para que sea habitable. Han preparado la atmósfera, el suelo, el clima... Hasta han creado bosques.

—Sí. Lo han preparado para que sea habitable para los seres humanos —dijo Puck—. Pero eso no significa que vaya a ser fácil cultivar plantas. No se trata solo de poner las semillas en el suelo y esperar. Hay que conseguir que funcione la polinización, y para eso hacen falta insectos... o viento, según el tipo de cultivo.

—Mi consejo es que nos centremos en tres cultivos muy distintos entre sí, para impresionar al comité —dijo Asek, encendiendo varias luces azules y amarillas—. Yo voto por trigo, tomate y cerezos. El trigo tiene polinización anemófila. Significa que depende del viento para que los granos de polen lleguen a otras flores y las fecunden. El tomate depende de insectos como los abejorros o las abejas para que transporten los granos de polen de unas flores a otras. Y lo mismo pasa con el cerezo.

—Pero el cerezo es un árbol —dijo Esther—. No tenemos tiempo de cultivar árboles y esperar a que crezcan y den cerezas.

—Ya, pero resulta que estamos de suerte —contestó Asek—. Me he entrevistado con el equipo de robots terraformadores, los encargados de preparar este planeta para hacerlo habitable. Su jefa es Adaris, toda una dama.

—¿Ah, sí? ¿Toda una dama? —preguntó Yuna en tono burlón—. Mira qué bien...

Adrián habría jurado que sentía celos, pero Asek no pareció darse cuenta.

—Sí, Adaris parece una jefa muy eficiente —respondió—. Me ha estado enseñando los bosques que tiene preparados aquí cerca, y resulta que hay un bosquecillo de cerezos. Aún no han obtenido frutos nunca, porque hasta ahora no había en el planeta insectos polinizadores. Pero nosotros traemos en la nave un buen cargamento.

—Bueno, entonces va a ser bastante fácil —dijo Adrián—. Plantamos los tomates y el trigo, soltamos los insectos, y a esperar.

—Me temo que no va a ser tan sencillo, miembro diecinueve de la tripulación —dijo Asek, encendiendo dos luces rojas a ambos lados de sus ojos—. En primer lugar, necesitaremos ayuda para plantar las semillas, abonarlas y cuidar los brotes. Después, habrá que cuidar de las abejas. De todas formas, yo creo que saldrá bien. Adaris me ha asegurado que sus robots terraformadores están dispuestos a colaborar. Solo tenemos que preparar el programa adecuado, Yuna. Se lo instalaremos y se convertirán en robots campesinos. Nos ayudarán a plantar y a hacer todas las labores del campo.

—Estupendo —dijo Puck con los ojos brillantes—. ¿Por dónde empezamos?

—Por bajar a tierra —contestó Asek—. ¡Ya es hora de que vayáis conociendo vuestro nuevo hogar!

Capítulo 4

Lo primero que hizo Adrián al bajar de la nave fue entrecerrar los ojos y dejar que la brisa acariciase su rostro. Hacía un tiempo muy agradable, ni demasiado frío ni demasiado caluroso.

A su alrededor se extendía un paisaje de tierra negra, colinas boscosas y lagos azules. En el límite entre la tierra preparada para el cultivo y las colinas se veían seis cúpulas transparentes de diferentes tamaños. Era la base de operaciones de los robots terraformadores, que llevaban años preparando el planeta para la llegada de los primeros colonizadores humanos.

Por fin estaban allí. Adrián había soñado toda su vida con aquel momento. Desde que podía recordar, sus padres se habían estado preparando para aquella misión. Y también le habían estado preparando a él. Antes de empezar el viaje había visto un montón de fotografías y vídeos de Tierra 5. Pero estar allí era completamente distinto.

En primer lugar, el planeta era un poco más pequeño que la Tierra. Eso significaba que la gravedad era más débil, y uno tenía la sensación de pesar menos.

Además, el horizonte estaba más cerca. El sol, una estrella llamada Argal, tenía un brillo suavemente verdoso. Y algunos de los árboles que los robots habían plantado en las colinas no eran verdes, sino azules. Habían sido creados en laboratorios terrestres para aprovechar al máximo la luz del planeta.

—Es un sitio precioso —dijo Irene, rompiendo el silencio—. Me va a gustar mucho vivir aquí.

Adrián iba a contestarle cuando se dio cuenta de que no estaban solos. Media docena de robots terraformadores esperaban inmóviles a un lado de la puerta de la nave para recibir sus órdenes. Tenían rostros de metal con rasgos humanos, pero inexpresivos. Parecían maniquíes de acero.

La única diferente era su jefa, Adaris. Su rostro era una máscara de látex con rasgos de mujer. Parecía casi humana... Pero el resto de su cuerpo era de metal, como el de sus compañeros.

Asek se dirigió a ella con paso ceremonioso.

—Estos son los humanos que van a dirigir la misión —anunció, inclinándose ante Adaris—. Como te expliqué, ha habido algunos problemas a bordo. La mayoría de los humanos no han despertado... así que ellos tendrán que hacer todo el trabajo.

Adaris miró a los cuatro niños con sus ojos de hielo.

—Bienvenidos —dijo—. Estamos deseando trabajar con vosotros... Pero ¿no son demasiado jóvenes? —preguntó, volviéndose hacia Asek.

—Lo son, pero están dispuestos a hacer todo lo que puedan para que la misión sea un éxito.

La máscara humana de Adaris sonrió fríamente.

—Según mis datos, los humanos inmaduros no sirven para trabajar ni para organizar —dijo—. Se dedican a tareas inútiles como «jugar». Francamente, Asek, no creo que puedan realizar la misión.

Asek encendió sus pilotos rojos y amarillos.

—Quieren intentarlo —dijo—. Y nosotros vamos a ayudarles... ¿no es así, Adaris?

La sonrisa de la robot se desdibujó.

—Por supuesto. Haremos lo que nos ordenen. Estamos programados para eso... Yo solo estaba dando mi opinión.

* * *

Dos días más tarde, Adrián reunió a los cincuenta robots que Adaris había puesto bajo sus órdenes. Su misión no parecía demasiado difícil, en principio: plantar tomates.

El problema era que Adrián no había plantado tomates en su vida.

Se había pasado los últimos dos días leyendo cosas sobre aquel cultivo en el ordenador de a bordo. En principio, su labor no parecía demasiado difícil. Solo tenía que conseguir que los robots entendiesen bien sus instrucciones, y ellos se encargarían del resto.

—Queridos amigos —dijo para empezar—. Vamos a sembrar tomates, y necesito vuestra ayuda. Primero, debéis llenar los pocillos de los semilleros con tierra. Luego tenéis que coger las semillas de tomate de esos sacos de ahí, y poner dos o tres en cada pocillo del semillero. Para terminar, taparéis las semillas con un poco de tierra, y pon-

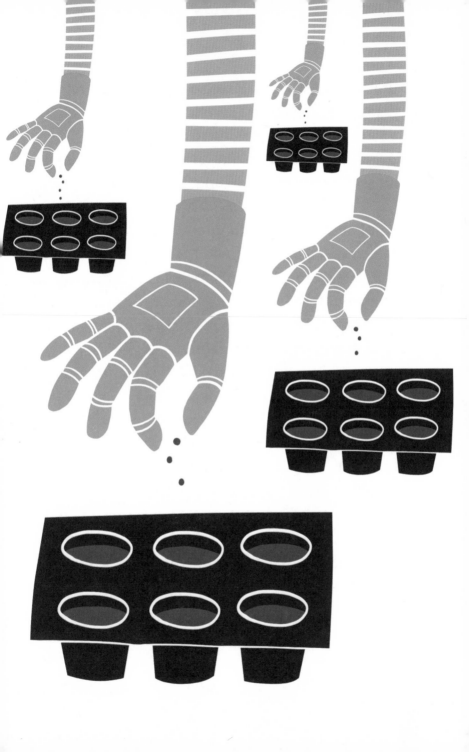

dréis cada semillero debajo de un plástico. Hay que dejar una rendija para la ventilación. A cada uno os tocarán quinientos semilleros.

—¿Qué tenemos que hacer después de plantar las semillas? —preguntó un robot con voz metálica.

—Las meteréis en los invernaderos que han construido vuestros compañeros. Allí se mantendrán a una temperatura de 25 ºC. Cada uno de vosotros vigilará sus semilleros y los regará siempre que haga falta. La tierra nunca debe quedar encharcada, o la semilla se pudriría. Las semillas tardarán unos seis días en germinar.

—¿Y qué hacemos cuando las plantas germinen? —preguntó otro robot.

—Cuando ya tengan varias hojitas, arrancaréis las más débiles y dejaréis una sola, la más fuerte. Luego, cuando las plantas tengan una altura de unos 15 cm, las trasplantaréis a la tierra.

—Parece fácil —murmuraron varios robots.

—Lo es —aseguró Adrián muy confiado—. Solo tenéis que seguir las instrucciones y todo saldrá bien.

* * *

Los primeros días todo fue de maravilla. Los robots trabajaban incansablemente en los invernaderos, y las semillas de tomate no tardaron en germinar. Adrián se paseaba varias veces al día entre los semilleros, observando las pequeñas plantitas con sus brillantes y diminutas hojas. ¡Aquello era mucho más fácil de lo que había imaginado! No podía dejar de pensar en la cara que pondrían sus padres cuando despertasen y viesen lo que había conseguido hacer. Él y sus compañeras estaban realizando un gran trabajo. Incluso Puck, a su manera, colaboraba... Aunque no parecía tan animado como los otros.

Esther era la encargada de organizar la plantación del trigo. Para eso, lo primero que tuvo que hacer fue enviar unos robots planeadores a echar fertilizantes en la tierra. Después, envió a los tractores teledirigidos a arar el campo, es decir, a hacer surcos para echar en ellos las semillas. Estaba ocupadísima.

Irene tenía como misión construir las colmenas para las abejas. Con ayuda de los robots, diseñó unos pedestales bastante altos para proteger a las abejas de la humedad del suelo. Luego, los robots construyeron unas colmenas que parecían casetas de diferentes colores. Cuando estuvieron listas, Irene organizó el traslado de las abejas desde la nave a sus nuevos hogares. En cada colmena, los robots colocaron una abeja reina joven y unos cuantos miles de abejas obreras.

El trabajo de Puck parecía, en un principio, el más sencillo de todos. Solo tenía que vigilar los cerezos, que ya estaban crecidos. Según sus cálculos, si todo iba bien los árboles comenzarían a dar flores en un par de semanas. Justo a tiempo para que las abejas de Irene polinizaran las flores, permitiendo que se convirtiesen en jugosas cerezas.

Sin embargo, Puck estaba todo el tiempo preocupado. Iba varias veces al día en un todoterreno automático a vigilar sus árboles, y por las tardes, cuando todos se relajaban en el mirador de la nave tomando un refresco, él no paraba de observar el cielo.

—¿Por qué te preocupas tanto? —le preguntó un día Adrián—. Ni siquiera es tu misión. ¿Qué más te da que salga mal o bien?

—No he corrido tantos peligros colándome en vuestra misión para que al final salga mal —replicó Puck de mal humor—. Estoy aquí para asegurarme de que nadie mete la pata.

—Claro. Si no estuvieras tú, todo sería un desastre —se burló Adrián—. Lo que me faltaba por oír.

—No os peleéis, chicos —dijo Esther, enfadada—. Todos estamos haciendo un gran trabajo. No hace falta que compitamos unos con otros.

—Yo no estoy compitiendo —dijo Puck.

—Ni yo tampoco —dijo Adrián—. Lo que pasa es que me molesta que sea tan negativo. Siempre preocupado, como si fuera a pasar algo malo.

Puck le miró a los ojos.

—¿Es que crees que no puede pasar nada malo? Hasta en la Tierra, a veces, se estropean las cosechas. Puede haber una inundación, o hacer demasiado calor, o demasiado frío... Las plantas son muy delicadas. Y aquí ni siquiera estamos en nuestro planeta. Ni siquiera conocemos demasiado bien todavía el clima de Tierra 5.

—Bah, yo no me preocuparía por eso —dijo Irene—. Los robots terraformadores han hecho un buen trabajo. El clima no puede ser mejor. Ni demasiado cálido ni demasiado frío. Es perfecto.

—Por ahora —dijo Puck—. Yo no me confiaría...

Cinco días después, se demostró que Puck tenía razón.

Capítulo 5

Adrián estaba durmiendo en su nueva cabaña. Era un pequeño edificio de madera y cristal que los robots habían construido para él. Cada uno de sus compañeros tenía una cabaña parecida. Estaban todas en torno a un lago, y, con el tiempo, Adrián tenía pensado cultivar alrededor un bonito jardín.

Un ruido de piedras en las paredes de cristal despertó al muchacho. Cuando abrió los ojos, se dio cuenta de que no eran piedras, sino bolas de hielo. ¡Estaba granizando!

El ruido del granizo sobre el tejado de la cabaña era ensordecedor. Adrián se vistió a toda prisa y salió a buscar a sus compañeros.

Puck ya estaba fuera, contemplando la catástrofe con cara de desesperación.

—Os lo dije —exclamó al ver a Adrián—. Os dije que esto podía ocurrir. ¡Es un desastre!

Las chicas no tardaron en reunirse con ellos. Esther, que era muy previsora, traía unos paraguas transparentes para todos.

—¿Qué vamos a hacer? —gimió Irene—. Espero que mis abejas, al menos, se salven. Si mueren, no tenemos más para sustituirlas. Suerte que te hice caso, Puck, y mandé colocar tejadillos de protección para las colmenas.

—El trigo todavía no ha brotado —dijo Esther pensativa—. Creo que se salvará.

—Pues la cosecha de cerezas está perdida —murmuró Puck—. Las flores acababan de salir. La mayoría se habrá caído.

—Y las plantas de tomate también estaban ya bastante altas —añadió Adrián—. No creo que resistan.

—Al menos, tú puedes volver a plantar —dijo Puck—. Tienes tiempo, y semillas suficientes. En cambio, los cerezos... No conseguiremos que vuelvan a florecer este año.

—¿Y cómo vamos a arreglárnoslas para superar el examen del comité? —preguntó Irene—. Nos falta un cultivo...

—Podemos plantar otro cultivo de ciclo más rápido —sugirió Esther—. Por ejemplo, sandías, o melones. El otro día estuve leyendo sobre ellos. Sus flores también necesitan abejas para polinizarse, como los cerezos. Creo que al comité le servirá.

Mientras hablaban, el granizo había dejado de caer. Ahora estaba lloviendo.

Yuna apareció en la puerta de la nave.

—¡Subid, chicos! —les llamó—. He preparado chocolate y bollos calientes. Necesitáis reponer fuerzas para enfrentaros a esto.

Subieron a la nave, silenciosos y abatidos. Ni siquiera el delicioso aroma del chocolate podía animarlos. La lluvia tecleaba sobre las paredes de la nave con sus delicados dedos de cristal. Sin descanso.

—Vamos, no os desilusionéis —dijo Yuna—. Habéis hecho un gran trabajo hasta ahora. Asek y yo estamos impresionados... No podéis rendiros por este pequeño tropiezo.

—No es tan pequeño, Yuna —dijo Adrián—. Otro golpe como este, y la misión está acabada.

—No seas pesimista —dijo Yuna—. No habrá más desastres. Esto ha sido algo anormal. Se supone que no debería volver a pasar.

—Eso es lo que más me preocupa —murmuró Puck.

Todos le miraron.

—¿Qué quieres decir? —preguntó Irene.

—Que esto no es la Tierra. El clima de este planeta es artificial, depende de los robots terraformadores. Lo normal sería que lo controlaran completamente, y que no hubiese sorpresas desagradables.

—Pero no es un sistema perfecto —dijo Yuna—. Ningún sistema lo es. Todavía estamos aprendiendo a entender este planeta... Es normal que se produzcan accidentes.

Puck se puso en pie con brusquedad.

—¿Y si no ha sido un accidente? —preguntó.

Todos lo miraron asombrados.

—¿Y qué otra cosa iba a ser? —preguntó Adrián—. Es una granizada, un desastre natural.

—Tal vez. Pero ¿y si no ha sido algo tan natural? —insistió Puck—. ¿Y si lo han provocado ellos?

—¿Ellos? —repitió Esther—. ¿Quiénes?

—Los robots. Los robots terraformadores.

Adrián se echó a reír.

—Estás loco —dijo—. ¿Para qué iban a hacer una cosa así? Son robots, están programados para obedecer órdenes.

—¿Y si alguien los ha programado para hacer precisamente esto?

—¿Qué? ¿Provocar granizadas? ¿Destruir estas cosechas? —Adrián meneó la cabeza con incredulidad—. Por favor, Puck, no digas disparates. El Imperio se ha gastado muchísimo dinero en enviarnos aquí. Y antes los enviaron a ellos. ¿Qué sentido tendría que se gastasen todo ese dinero y luego programasen mal a los robots?

—Puede que haya gente interesada en que la misión fracase. Puede que quieran demostrar que este planeta no sirve para la agricultura. Así no vendrán más colonos, y podrán usar este lugar para sacar minerales, o como base militar. Eso fue lo que pasó con Tierra 4.

Adrián no pudo seguir conteniendo su enfado.

—¡Estás obsesionado con Tierra 4! —vociferó—. Pero nada de lo que pasó allí tiene que ver con nosotros. No tenemos la culpa de que tu equipo hiciera las cosas mal. Nadie tiene la culpa.

—¡Estás siendo injusto! No hicimos las cosas mal. Mis padres y todos los demás trabajaron muchísimo para que la misión fuese un éxito. Pero las cosas se torcieron, y no por casualidad. Fue un sabotaje.

—Puck —dijo Yuna con suavidad—. Eso no fue exactamente así. He estado leyendo los informes sobre vuestra misión en el ordenador de a bordo. No se pudo probar que hubiera sabotaje.

—Pero lo hubo. ¿Por qué no queréis creerme? Me he colado en vuestra misión para intentar ayudaros, para que no os ocurra lo mismo que a nosotros.

—Ya. Ahora resulta que lo has hecho todo por nosotros. Venga ya —dijo Adrián en tono burlón—. Lo que pasa es que quieres demostrar a toda costa que vuestro equipo no falló, que la culpa fue de otros. Por eso has venido aquí, para probar que tienes razón.

—Es que la tengo. ¿No lo has visto hoy?

Adrián lo negó con la cabeza.

—Lo único que he visto es una granizada normal y corriente. Es un desastre para nosotros, pero no prueba tus estúpidas teorías.

—Ya... Puede que cuando ocurra otro desastre, ya no te parezcan tan estúpidas.

Adrián se encaró con Puck.

—Basta. Deja de intentar deprimirnos diciendo que todo va a salir mal. Estamos hartos. Es como si intentaras desanimarnos a propósito... ¿Sabes lo que creo? Que el único saboteador que hay aquí eres tú.

Puck abrió la boca, pero no dijo nada. Parecía sorprendido y apenado al mismo tiempo. Miró fijamente a Adrián, y después a Esther y a Irene.

—¿En serio creéis eso? —preguntó con un hilo de voz.

Las chicas no dijeron nada, pero Adrián contestó rápidamente.

—Sí, lo creemos —dijo—. Así que, si quieres demostrar que no lo eres, ya sabes lo que tienes que hacer: dejarnos en paz.

—Está bien —dijo Puck—. Si eso es lo que queréis, os dejaré en paz. A partir de ahora, no tendréis que volver a escucharme. No os molestaré más.

El chico se levantó, dispuesto a abandonar la nave. Irene fue tras él.

—Un momento. No puedes irte tú solo, es peligroso. Quédate con nosotros, por favor.

—No. Está claro que no me necesitáis. Y yo tampoco os necesito a vosotros... Pero te lo agradezco, Irene. Quédate tranquila, sé cuidar de mí mismo. Buena suerte a todos, y, de verdad, no hace falta que os preocupéis por mí.

Capítulo 6

Adrián pensó que Puck no cumpliría su amenaza. Pero se equivocó. Ese mismo día ordenó a los robots que desmontasen su cabaña y la trasladasen al otro lado de las colinas. Yuna intentó convencerle de que podía ser peligroso para él instalarse tan lejos del campamento base, pero no hizo ningún caso. Se fue en un todoterreno automático al atardecer... y ni siquiera se despidió.

Al principio, Adrián no lo echó demasiado de menos. En realidad, casi se alegraba de haberse librado de Puck. El chico siempre estaba haciéndose el sabelotodo porque había participado en la misión Tierra 4. Se creía con derecho a dar consejos a los demás y a decirles lo que tenían que hacer. Y luego, estaban aquellas teorías suyas sobre conspiraciones para que la misión fracasase. ¿Qué pretendía, desanimarlos? ¿Hacer que todos tuvieran miedo para controlarlos y mandar en el grupo? Pues, si ese era su plan, le había salido mal. Por eso se había ido, porque no se habían dejado dominar por él.

Lo malo era que, sin Puck, había más trabajo. Además de sembrar de nuevo los tomates, había que poner en marcha un nuevo cultivo para sustituir a los cerezos, que habían perdido todas sus flores durante la granizada y ya no podrían dar fruto.

Como el trigo de Esther no había sufrido demasiados daños, ella fue la encargada de organizar los cultivos nuevos. Decidieron plantar sandías y melones, que eran cultivos relativamente rápidos y también necesitaban abejas para la polinización, al igual que los tomates.

Las semanas siguientes fueron muy duras. Había que dirigir el trabajo de los robots desde el amanecer hasta que se hacía de noche. Adrián, escarmentado por la sorpresa de la granizada, no paraba de pedir datos sobre el tiempo que iba a hacer y la evolución de las nubes. Si venían nuevas granizadas, lluvias o nieves, no le pillarían desprevenido. Lo tenía todo listo para proteger sus cam-

pos de tomates con enormes plásticos. Así no se estropearían.

Pero tanta vigilancia era agotadora. El muchacho estaba siempre en tensión, temiendo lo peor. Si ocurría una nueva catástrofe, no habría tiempo para volver a plantar y empezar de cero. La misión fracasaría, y cuando sus padres despertaran, se encontrarían con que todo había salido mal.

Otro problema era que Irene cada vez pasaba menos tiempo en el campamento base. Seguía cuidando de sus colmenas, pero en cuanto tenía un rato libre, se escapaba en un todoterreno a visitar a Puck en su nuevo hogar, al otro lado de las colinas. Cuando Adrián y Esther le preguntaban qué tal le iba al muchacho, ella se encogía de hombros y se limitaba a decir que todo iba bien. Adrián sospechaba que Irene se escapaba a ver a Puck para llevarle comida de la nave. No le parecía mal, porque aunque él y Puck no fuesen amigos, no deseaba dejarlo morir de hambre. Pero le dolía que Irene estuviese ayudándole a escondidas, en lugar de contarlo abiertamente. ¿Por qué no confesaba lo que estaba haciendo? ¿Es que no confiaba en sus compañeros?

Afortunadamente, Esther no se parecía en nada a Irene. Ella nunca iba a ver a Puck, se dedicaba todo el día a leer sobre agricultura y a vigilar sus cultivos, y cuando tenía tiempo libre, lo pasaba con Adrián, charlando. Si no hubiera sido por ella, Adrián se habría sentido muy solo. Esther tenía un carácter bastante frío, nunca se alteraba por nada, y eso ayudaba a Adrián a tranquilizarse.

Con tanto trabajo, el tiempo pasaba volando. Cuando Adrián vio un día las primeras flores de tomate en el campo, se puso a saltar de emoción. ¡Ya estaban allí, lo habían conseguido! Eran unas florecillas pequeñas e insignificantes, pero Adrián sabía que muy pronto, si todo iba bien, cada una de ellas se convertiría en un tomate. Y cuando eso pasara... ¡bueno, la misión estaría cumplida! Casi no podía creerlo.

De todas formas, faltaba una de las fases más delicadas de la operación. Aquellas flores eran de una variedad que no podía autopolinizarse, es decir, no podían fecundarse a sí mismas. Los granos de polen tenían que ser transportados a otra flor para introducirse en el pistilo, fecundar el ovario y formar las semillas. Y las abejas eran las encargadas de transportarlos.

Irene demostró entonces que su trabajo con las abejas había sido un éxito. Había muchísimas, y parecían ansiosas por posarse en las flores de to-

mate. Lo bueno era que, una vez que se acostumbraban a un tipo de cultivo, ya no les interesaba ningún otro. La polinización fue un éxito... A los pocos días, todas las flores empezaron a convertirse en pequeños frutos verdes que poco a poco fueron engordando y volviéndose más y más rojos.

Una tarde, diez días antes de que se cumpliese el plazo para la llegada del comité de evaluación, Adrián subió a un planeador automático para sobrevolar los cultivos. La cosecha de tomates era espléndida. Al día siguiente comenzaría la recolección. Los robots cosechadores ya habían recibido las instrucciones necesarias. Después, solo tendrían que almacenar los tomates en cámaras hasta la llegada del comité examinador.

Al final de la tarde, el planeador aterrizó suavemente cerca de la nave. Adrián se sentía agotado, pero feliz. Todo había salido bien. Ahora que ya no había peligro, tenía que confesarse a sí mismo que, durante muchas semanas, había tenido miedo de que Puck tuviese razón. Sí, había llegado a creer que podía haber alguien interesado en sabotear la misión Tierra 5. Pero ahora, por fin podía reírse de aquellos temores. Ya se estaba imaginando la cara que pondría Puck cuando viese su cosecha. ¡Tendría que tragarse todas sus advertencias y todos sus consejos!

Quizá le hiciese una visita para llevarle una cesta de tomates. ¡Así podría ver cómo reaccionaba! Sería divertido... y, de paso, serviría para hacer las paces con él.

Pero antes, Adrián quería hacer otra cosa. Quería ir a ver a sus padres.

Los encontró en sus cámaras de hibernación, dentro de la nave. A través del cristal, Adrián podía ver sus rostros dormidos, sonriendo plácidamente. En las últimas semanas no había tenido tiempo de ir a visitarlos, pero ahora que todo estaba hecho, le apetecía pasar un rato a solas con ellos. Los echaba mucho de menos. ¡Tenía tantas ganas de contarles todo lo que había hecho mientras ellos dormían! Estaba seguro de que se sentirían orgullosos de él cuando lo supieran.

Una suave tosecilla interrumpió sus reflexiones. Esther se encontraba en la puerta de la sala de hibernación, mirándole de un modo extraño.

—Siento molestarte —dijo—. Pero es algo importante.

—¿Qué pasa? —preguntó Adrián, yendo hacia ella.

—Pasa... No sé cómo decírtelo. Parece que las compuertas del lago artificial que hay al pie de la colina se han abierto, o el agua las ha roto... el caso es que hay una inundación.

Adrián sintió una oleada de calor en el rostro. De calor... y de pánico.

—No puede ser. He estado fuera hasta hace un rato y no he visto nada.

—Ha sido muy rápido, Adrián. Y muy... destructivo.

Adrián casi no se atrevía a formular la pregunta, pero al final lo hizo.

—¿Ha destruido mis... mis tomates?

—Y una buena parte del trigo. Y las sandías y melones. Hasta las colmenas... Es el fin, Adrián. Lo hemos perdido todo.

Capítulo 7

Adrián no podía apartar la vista de los campos inundados. Lo que unas horas antes era un mar verde salpicado de frutos rojos se había convertido en un triste lago de color barro. Algunos tomates flotaban en el agua como pelotas de goma a la deriva. Era un espectáculo desolador.

Los ojos le picaban muchísimo, aunque ni siquiera se había dado cuenta de que estaba llorando. Alguien le tendió un pañuelo de papel para que se secase las lágrimas. Era Yuna.

Adrián se volvió hacia ella.

—¿Y ahora qué hacemos, Yuna? ¿Qué podemos hacer en una semana para salvar la misión?

La robot meneó lentamente su cabeza metálica.

—Me temo que no mucho. Quizá podríamos enviar a algunos robots recolectores a pescar los

tomates que flotan en el agua. Así, al menos, el comité sabrá que había una cosecha... aunque se haya perdido.

—Eso no servirá de nada —dijo Esther—. Muchas veces les oí hablar a mis padres sobre esos comités de evaluación de las misiones. Decían que eran despiadados. Si no se cumplen los requisitos que ellos han pedido, la misión está acabada.

—¡Pero no ha sido culpa nuestra! —exclamó Adrián—. Primero, nuestros padres no despiertan a tiempo, y tenemos que hacerlo todo nosotros. Eso deberían tenerlo en cuenta, ¿no? ¡Solo somos unos niños! Y a pesar de todo, hemos conseguido los objetivos de la misión. ¡No es justo que un desastre de última hora lo eche todo a perder!

Yuna suspiró.

—No es justo, pero me temo que es lo que va a pasar. En realidad, a las autoridades no les importa demasiado que esta misión sea un éxito, Adrián. Mucha gente en el Consejo Imperial quiere que los planetas como este se dediquen a fines militares, no a crear ciudades similares a las de la Tierra. Creen que esas ciudades serían difíciles de controlar para el Imperio, y eso les da miedo.

—Entonces... Puck tenía razón —dijo Adrián lentamente—. No podíamos triunfar porque hay gente que no quiere que lo consigamos.

Yuna suspiró.

—Supongo que es mejor que sepáis toda la verdad. Asek acaba de enviarme un informe secreto sobre los robots terraformadores. Al parecer, ha detectado un programa oculto en sus sistemas. Es una especie de virus que los ha convertido en enemigos de la misión. Fingen ayudarnos, pero desde el principio tenían como objetivo sabotear vuestros cultivos. Ellos provocaron la granizada, y ellos han abierto las compuertas del lago para que haya una inundación.

Esther y Adrián se miraron estupefactos.

—No puedo creerlo... Era verdad —murmuró Esther.

—Sí. Debimos creer a Puck. La culpa es mía —dijo Adrián—. Me cayó mal desde el principio, y no me tomé en serio nada de lo que decía.

—Me alegro de que lo reconozcas —dijo una alegre voz a sus espaldas.

Esther, Yuna y Adrián se volvieron. En la puerta del mirador se encontraban Puck e Irene.

A pesar de lo que acababa de decir sobre Puck, a Adrián le molestó ver al chico tan tranquilo,

como si la catástrofe de los cultivos no le afectase lo más mínimo.

—Tienes razón, has ganado —dijo de mal humor—. Ven, acércate a contemplar el desastre... Seguro que te sentirás muy bien.

—Adrián, no seas desagradable —dijo Irene muy seria—. ¿Crees que Puck quería esto? Él está de nuestro lado, lo ha estado desde el principio. Si le hubiésemos hecho caso, a lo mejor habríamos podido evitar esta catástrofe.

—Ya lo sé, ya lo sé. Yo tengo la culpa de todo —gruñó Adrián.

Esperaba que alguna de sus compañeras le rebatiese, pero nadie lo hizo.

—El problema es Adaris —dijo Yuna después de un breve silencio—. Ella es la que controla al resto de los robots terraformadores. Ella les ha introducido ese virus que los ha vuelto contra nosotros.

—¿Y a ella, quién la ha vuelto así? —preguntó Esther.

Yuna encogió sus hombros de acero.

—No lo sé —admitió—. Los espías imperiales, seguramente. Puede que la fabricaran para hacer esto, para sabotear a equipos como el nuestro.

—¿Y no hay forma de arreglarlo? —preguntó Adrián—. ¿No podemos reprogramarla, o algo así?

—Por desgracia, no. Como robot, es mucho más poderosa que Asek o que yo. Además, ¿de qué serviría, a estas alturas? El daño ya está hecho, y no tiene remedio.

—Sobre eso... yo no estoy de acuerdo —dijo Puck.

—Ni yo —añadió Irene con una sonrisa.

Adrián y Esther los miraron sin comprender.

—Pero no hay tiempo para plantar de nuevo —dijo Esther—. Falta una semana para que llegue el comité. No podemos salvar la misión, tendría que ocurrir un milagro.

—¿Y si el milagro ya hubiese ocurrido? —preguntó Puck guiñándole un ojo.

—¿Qué quieres decir? —quiso saber Adrián.

Irene y Puck se miraron. Luego, miraron a sus compañeros.

—Ha llegado el momento de que os enseñemos nuestro pequeño secreto. Venid con nosotros... El todoterreno está aparcado detrás de la nave.

Bajaron todos juntos a tierra, incluso Yuna. En el exterior, el aire olía a humedad y a podredumbre.

Adrián pensó en su valiosa cosecha descomponiéndose lentamente bajo el agua. No podía quitarse aquella idea de la mente.

Subieron al todoterreno y se pusieron en marcha. El vehículo tuvo que desviarse para evitar la zona inundada. Pronto dejaron atrás los cultivos y las cúpulas de la base para adentrarse en un terreno ondulado cubierto de matorrales. Sobre su cabeza, el cielo tenía un color violeta, y las dos lunas de Tierra 5 brillaban como discos de plata sobre el horizonte.

Rodaron durante más de una hora a través de aquel terreno salvaje. Las ruedas tropezaban a veces con un pedrusco más grande de lo normal, o aplastaban zarzas y otros arbustos a su paso, pero estaban adaptadas a aquellos obstáculos y no sufrían el menor daño. Adrián se dejó mecer por el traqueteo del viaje y poco a poco fue quedándose dormido. Tantas emociones lo habían dejado agotado.

Se despertó cuando el vehículo se detuvo por fin. Abrió los ojos. Las dos lunas estaban muy altas, y el cielo nocturno tenía un color entre negro y verde.

Adrián se frotó los párpados y salió del vehículo. Los demás ya estaban fuera, contemplando extasiados el panorama.

Se encontraban en la cima de una pequeña colina, más baja que las que habían dejado atrás. Y a su alrededor se extendía un inmenso campo de espigas amarillas que reflejaban el resplandor plateado de las dos lunas.

—¿Qué... qué es esto? —balbuceó el muchacho.

—El plan B —anunció Irene con orgullo—. Fue idea de Puck, y yo le he ayudado. Hemos trabajado muy duro, como podéis ver. Y todo a espaldas de esos robots terraformadores... Asek se encargó de evitar que viniesen por aquí en todo este tiempo.

—¿Asek? —preguntó Yuna, asombrada—. ¿Asek sabía esto?

—Lo descubrió una semana después de que empezásemos, y decidió ayudarnos y guardar el secreto —dijo Puck—. Comenzamos justo después de la granizada. Tenemos de todo, Adrián: Trigo, tomates, melones y sandías, colmenas... Todo lo necesario para pasar el examen del comité.

—Pero, entonces... ¡estamos salvados! —dijo Esther.

—A no ser que esos robots de Adaris nos descubran —murmuró Yuna—. Son muy peligrosos...

—Sí. Y ha llegado la hora de que nos encarguemos de ellos —dijo Puck con decisión.

—Pero ¿cómo? Sus programas internos son muy avanzados —Yuna entrecerró sus ojos de cristal azul, preocupada—. Ni Asek ni yo podemos competir con ellos.

—Hay otras formas de acabar con esos traidores —afirmó Puck—. No os preocupéis, tengo un plan... ¿Queréis oírlo?

Adrián fue el primero en contestar que sí.

Capítulo 8

Tres días después, Adrián y Esther acompañaron a Yuna en una misión muy especial. Iban a entrevistarse con Adaris, la jefa de los robots terraformadores... para invitarlos a todos a una fiesta.

Adaris los recibió en su despacho, que estaba en la cúpula principal de la base. Adrián se acercó a saludarla el primero. Mientras le estrechaba la mano, los latidos de su corazón resonaban dentro de su pecho como las patas de un caballo al galope.

Después de darles la bienvenida, la máscara humana de Adaris los miró con una fría sonrisa.

—Supongo que habéis venido a verme por alguna razón —dijo—. ¿En qué puedo ayudaros?

—Los chicos y yo os estamos muy agradecidos por todo el trabajo que habéis realizado tú y tu equipo —dijo Yuna—. Por eso, queríamos reconocer vuestra labor celebrando una fiesta.

Adaris arqueó las cejas, sorprendida.

—¿Una fiesta? Pero me temo que no hay mucho que celebrar, ¿no? A pesar de todos nuestros esfuerzos, la misión no ha salido bien.

Adrián apretó los puños dentro de sus bolsillos. De buena gana le habría aplastado a Adaris aquella estúpida máscara que llevaba, pero debía contenerse. Debía fingir que la creía, para que el plan pudiese seguir adelante.

—Sabíamos que era difícil —dijo Esther, serena—. Hemos hecho lo que hemos podido, y estamos satisfechos de nuestro trabajo, a pesar de lo que ha pasado al final. Por eso queremos celebrar esa fiesta.

—Sí —la apoyó Adrián, tragando saliva—. No queremos irnos de aquí con mal sabor de boca.

La sonrisa de Adaris se hizo más ancha... y más burlona.

—Me parece una actitud excelente. Y, por supuesto, yo y mi equipo estaremos encantados de asistir a vuestra pequeña «celebración». ¿Qué tenemos que hacer?

—Nada, solo participar —dijo Yuna—. Los chicos quieren celebrar un festival tradicional de la

Tierra que se llama «la fiesta de las flores». Es una costumbre muy bonita, ya veréis... Nos sentiremos muy honrados si tomáis parte en ella.

—Por supuesto, por supuesto. ¿Cuándo va a ser la fiesta?

—Pues... El día ocho —se atrevió a decir Adrián.

—Solo un día antes de que llegué el comité examinador... Serán fechas de mucho trabajo para mí.

—Pero la fiesta será al atardecer, y te servirá para relajarte —afirmó Yuna mirando a Adaris con sus bellos ojos azules—. Vamos, Adaris, te lo has ganado. Trabajas muy duro, te mereces un rato de diversión.

—Está bien —suspiró Adaris—. Tienes razón, ¡un poco de descanso no puede hacerme daño!

* * *

Llegó el día señalado para la fiesta, y los chicos lo tenían todo listo. Habían recogido un montón de flores de las que Irene había cultivado en los invernaderos para criar a sus abejas. Habían extraído el polen de algunas de ellas y lo habían guardado en calderos de colores que habían colgado de los árbo-

les, como adornos. Habían montado una pista de baile, y, alrededor, Irene había colocado cinco de sus colmenas ocultas bajo telas granates, entre los arbustos.

Los robots terraformadores ya estaban empezando a llegar. Se les veía muy contentos y excitados... Todos sabían lo que era una fiesta, pero jamás habían asistido a una.

Adaris todavía no había hecho su aparición. Detrás del mostrador de los aperitivos, Adrián apenas podía mantenerse quieto, de lo nervioso que estaba. Junto a él, Puck removía una gran sopera llena de ponche sin alcohol. Para los robots había pequeñas tacitas con lubricante.

—Tranquilo, amigo —dijo el muchacho en voz baja, acercándose a Adrián—. Todo va a salir bien, ya lo verás.

—¿De verdad no había otra forma más fácil? ¿Un programa espía, un chip inactivador, o algo así?

—Esto es lo más práctico, créeme. Están preparados para cualquier ataque informático, pero esto no se lo esperan. No se lo esperan para nada.

Adrián miró a los robots que formaban grupillos alrededor de la pista de baile.

—Pobres —murmuró—. Casi me dan pena.

—Piensa en tus tomates. Y en todo el trabajo que han estropeado. Piensa en tus padres, en los años que han dedicado a este proyecto... No podemos dejar que estas máquinas se salgan con la suya.

Las chicas llegaron un momento después, acompañadas de Yuna y Adaris. Adrián estuvo a punto de atragantarse al ver a Yuna vestida con una extraña túnica blanca, con collares de piedras de colores alrededor de su cuello. Las chicas también se habían puesto unas túnicas muy raras. La de Esther, era verde, y la de Irene, rosa.

—Bueno, ha llegado el momento de empezar —dijo Puck.

Sin mirar a Adrián, salió de detrás del mostrador, se colocó en el centro de la pista de baile y se aclaró la voz.

—Bienvenidos todos —saludó—. Bienvenidos a la tradicional fiesta de las flores. Empezaremos con unos cantos tradicionales... ¡Que comience la música!

Adrián empezó a cantar con sus compañeros los himnos que se habían inventado el día anterior. En realidad la música no era muy buena, y la letra tampoco. En conjunto resultaba un espectáculo bastante patético. Pero la idea era que los robots se relajasen y se riesen un poco... Así, lo que tenían preparado para después les pillaría desprevenidos.

—Bellas flores de colores,
admiramos sus olores.
Nos regalan su perfume
y queremos disfrutarlo,
¡no dejemos que se esfume!

La segunda estrofa del himno era aún más ridícula.

—Rosas, lirios, margaritas,
¡qué corolas más bonitas!
Sus estambres, su pistilo,
¡eso sí es tener estilo!

Algunos robots se habían empezado a reír disimuladamente. Pronto dejarían de hacerlo... ¡en cuanto terminara la tercera estrofa de la canción!

Los chicos unieron sus manos y levantaron los brazos. Esta parte tenían que cantarla tan fuerte como pudieran.

—¡Vivan frutos y semillas
rojas, pardas y amarillas!
¡Viva el polen, y que llueva
una primavera nueva!

Al decir estos últimos versos, Adrián y Puck tiraron de las cuerdas que sujetaban los calderos de colores en las ramas de los árboles. Los calderos volcaron todo el polen que contenían sobre los robots. Irene apretó el mando para retirar las telas de las colmenas y abrirlas.

A partir de ese momento, todo fue un caos. Los robots terraformadores no entendían muy bien lo que estaba pasando. El polen se les colaba por todas las rendijas, y detrás del polen iban las abejas, que empezaron a perseguirlos sin descanso. Cada vez que una abeja se colaba dentro de un robot, este chisporroteaba y se detenía. Sus sistemas internos eran demasiado sensibles, no podían soportar el ataque de los insectos.

Mientras, los chicos y Yuna, que se había echado un repelente antiinsectos, observaban la escena muy tranquilos.

Cuando Adaris se dio cuenta de que aquello era una trampa, puso en marcha sus ventiladores

para quitarse el polen de encima. Pero lo único que consiguió fue que más granos se le colasen dentro... Asek se acercó por detrás y, con una potente descarga láser, inactivó los ventiladores. Las abejas, que hasta entonces no se atrevían a acercarse a Adaris, notaron que el ruido había parado y se lanzaron sobre ella.

Media hora después, todos los robots terraformadores estaban tirados en el suelo, echando humo o chisporroteando.

—Lo... lo hemos conseguido —balbuceó Adrián—. No puedo creerlo...

—Pues créetelo —le contestó Puck alegremente—. Estos robots estaba preparados para cualquier ataque tecnológico, pero no para esto. ¡Os dije que funcionaría!

—¿Y ahora qué hacemos? —preguntó Irene.

—Yo, echarme un poco más de repelente antiinsectos, por si acaso —dijo Yuna con voz temblorosa—. No quiero terminar como ellos... ¡Qué horror! Creo que voy a tener pesadillas con esto durante mucho tiempo.

—Vamos, Yuna, no exageres —dijo Esther, riendo—. Eres un robot, y todos sabemos que los robots no pueden soñar.

Capítulo 9

Pocas horas después de la fiesta, las cámaras de hibernación de la nave empezaron a abrirse.

Los adultos iban saliendo de ellas con cara soñolienta. Llevaban tanto tiempo dormidos que las piernas no les respondían cuando querían andar. Todos, al principio, creían que habían despertado en la fecha correcta, justo a tiempo para comenzar la misión.

Cuando Yuna les explicó lo que había pasado, no salían de su asombro.

—¿Hemos estado dormidos ocho meses más de lo previsto? —preguntó Cat, la madre de Irene—. Pero eso es un desastre... ¡La misión ha fracasado!

—No, no ha fracasado —explicó Yuna—. Los niños la han terminado con éxito.

Pablo, el padre de Adrián, miró a Yuna como si estuviera loca.

—¿Los niños? ¿Qué niños? —preguntó—. No serán los nuestros...

—Pues sí. Sus cámaras fueron las únicas que funcionaron correctamente. Pero no han estado solos... Resulta que teníamos a bordo un pasajero extra. Se llama Puck, tiene once años, y es uno de los niños que participaron en la misión Tierra 4.

—¿Puck, el hijo de Marc y Sofía? —preguntó Lena, la madre de Esther—. Los conozco, son amigos míos. Fue un terrible golpe para ellos que la misión fracasara.

—Pero, no entiendo... ¿Los niños... lo han hecho todo ellos solos? —Pablo estaba tan asombrado que casi no le salían las palabras—. ¿Y lo han hecho... bien?

—Mejor que bien —contestó Yuna—. Han tenido que enfrentarse a un sabotaje y han sabido resolverlo. Pero ellos mismos os lo contarán más tarde... Ahora están en una de las cúpulas, recibiendo al comité de evaluación.

En efecto, el comité había aterrizado en Tierra 5 antes de lo previsto. Su enorme nave negra se encontraba a apenas un kilómetro de la nave de la

misión. Era tan grande que, vista desde lejos, parecía una fortaleza.

El comité estaba formado por dos hombres, dos mujeres y un robot. Lo primero que hicieron nada más desembarcar fue pedir que los llevaran a ver los cultivos. Eso fue una suerte... porque mientras Asek y los chicos los conducían hasta el otro lado de las colinas, Yuna tuvo tiempo de esconder los robots terraformadores estropeados para que los recién llegados no los vieran.

El comité quedó muy impresionado por la labor agrícola de la misión.

—Hay que reconocer que todo ha salido muy bien —dijo Miss T., la jefa del grupo—. Las abejas se han adaptado estupendamente. La polinización ha funcionado a las mil maravillas.

—Y no solo la polinización mediante insectos. También la anemógama... quiero decir, el transporte del polen por el viento —dijo el robot del comité mirando a los niños—. Enhorabuena.

—Está claro que Tierra 5 será un gran lugar para la agricultura —dijo otro de los miembros del comité, sonriendo—. En cuanto demos el visto bueno, se pondrán en marcha otros cuatro o cinco equipos para unirse al vuestro. Así ya no estaréis tan solos.

—Lo que no entiendo es que sean los más pequeños del grupo los que parecen a cargo de todo —dijo Miss T.—. ¿Dónde están los adultos? ¿Por qué no han venido a recibirnos?

—Creo que ya vienen —dijo Puck, señalando tres todoterrenos que se acercaban rápidamente campo a través—. Ellos mismos os lo explicarán.

Sin embargo, lo primero que hicieron los adultos al salir de los vehículos no fue ir a dar explicaciones al comité, sino abrazar a los niños.

—¿Qué diablos les pasa? —preguntó Miss T. a su compañera del comité—. ¿Por qué se saludan tanto? Parece que no se hubiesen visto en mucho tiempo.

—Es que no nos hemos visto —explicó Pablo—. No nos hemos visto prácticamente desde que salimos de la Tierra.

Y a continuación explicó lo que había ocurrido con las cámaras de hibernación.

Los miembros del comité escucharon el relato con expresiones preocupadas. Cuando Pablo terminó, se miraron unos a otros.

—Habrá que abrir una investigación —dijo el robot—. Esto tiene pinta de haber sido un sabotaje.

—Afortunadamente, no ha afectado al resultado de la misión —suspiró Miss T.—. Si no, habríamos tenido que informar negativamente. De todas formas, es cierto que habrá que investigar el asunto de las cápsulas... y también eso que nos habéis contado acerca del polizón.

Esther, Adrián e Irene dieron entonces un paso al frente.

—Sobre eso, tenemos algo que decir —comenzó Adrián.

—Es cierto. Sin Puck, no habríamos podido sacar la misión adelante —afirmó Irene—. Se lo debemos todo...

—Por eso, esperamos que no sea castigado —añadió Esther.

—En realidad, esperamos algo más —dijo Adrián—. Esperamos que sea recompensado.

Miss T. clavó los ojos en Puck, que se puso rojo como una cereza.

—Vaya, parece que tus amigos te tienen en mucha estima —dijo sonriendo—. ¿Y tú qué tienes que decir?

—Yo... Bueno, si quieren recompensarme, tengo una sugerencia —confesó Puck con voz temblorosa.

Todos, incluso los niños, lo miraron sorprendidos.

—¿Una sugerencia? ¿Y cuál es? —preguntó Miss T.

Puck tragó saliva.

—Mi sugerencia... mi sugerencia es que a los miembros del equipo de Tierra 4 les permitan venir aquí. Ellos también se esforzaron mucho, y no tienen la culpa de que su misión fracasase. Se merecen otra oportunidad.

—Está bien —dijo Miss T.—. Si mis compañeros están de acuerdo... a mí me parece justo.

Todos dijeron que estaban de acuerdo. Puck se puso tan contento que no paraba de darle las gracias a todo el mundo, incluso a los padres de sus amigos, aunque no habían tenido nada que ver.

—Bueno, ahora que hemos terminado con la evaluación, supongo que podríamos tomarnos un pequeño descanso —dijo Reah, la compañera de Miss T.—. Y eso va por todos, sobre todo por los niños... Habéis trabajado mucho, chicos, y creo que deberíamos celebrar una fiesta en vuestro honor. ¿Eh? ¿Qué os parece?

Puck, Adrián, Irene y Esther se miraron unos a otros. Todos estaban pensando lo mismo.

—De acuerdo —dijo Irene—. Pero que no haya flores.

—Ni abejas —añadió Esther—. Ni una sola abeja.

Reah arqueó las cejas.

—Lo de las flores lo entiendo, pero lo de las abejas... ¿a qué viene? En las fiestas nunca hay abejas.

—En algunas sí —dijo Adrián—. ¡Pero son fiestas muy estresantes y bastante salvajes! De verdad, lo digo por experiencia...

Miró a sus compañeros con gesto de complicidad, y los cuatro se echaron a reír.

Ana Alonso

Misión
Tierra 5

ANAYA

1 Para observar

1 Observa esta fotografía y contesta:

a) ¿Qué está haciendo la abeja?

_____

_____

_____

b) ¿Qué utilidad tiene la visita de la abeja para la flor?

_____

_____

_____

_____

2 Subraya, entre las siguientes palabras, la que describe el proceso que está teniendo lugar en la fotografía de la actividad 1.

germinación   **fecundación**   polinización   floración

formación del fruto   irrigación

3 ¿Qué función de los seres vivos está realizando la abeja en la fotografía de la actividad 1? Razona la respuesta.

_____

_____

_____

_____

_____

Nombre: _____

2 Para comprender lo leído

1 ¿En qué consiste la Misión Tierra 5?

2 ¿Qué sale mal al comienzo de la misión?

3 ¿Qué hace Adrián después de que el granizo estropee sus cultivos?

4 ¿En qué consistía el plan B de Puck e Irene?

5 ¿Para qué usaron las abejas los protagonistas en la fiesta de despedida al final de la historia?

Nombre: _____

PIZCA DE SAL

Contenidos

Polinización

Agricultura

Actividades

Ampliación: 1, 2, 3 y 4

3 Para expresarse por escrito

1 Después de haber leído el libro, ¿podrías explicar qué significa el término «terraformación»?

_____

_____

_____

2 ¿Cuál es la labor de los robots terraformadores en la historia?

_____

_____

_____

_____

3 Teniendo en cuenta las explicaciones de la historia, completa el siguiente texto:

Cuando el agente que transporta los granos de polen de una flor a otra es el viento, se dice que la polinización es _____. Cuando los granos de polen los transporta un insecto, la polinización es _____.

4 a) Define la palabra semillero (puedes buscarla en el diccionario).

_____

_____

b) ¿Para qué se utilizan los semilleros en la historia que acabas de leer?

_____

_____

_____

Nombre: _____

PIZCA DE SAL

Contenidos

Partes de la flor

Reproducción
de las plantas

Actividades

Complementarias: 1 y 2

Interdisciplinar
con Plástica: 2

4 Para investigar

1 a) Busca una flor natural y comprueba si puedes encontrar en ella las siguientes partes (si no puedes encontrar una flor natural, busca una fotografía): **cáliz, corola, estambres, pistilo.**

b) Haz una **fotografía** de la flor, pégala aquí y señala sus partes.

2 Dibuja aquí una **flor** que te guste y señala **todas las partes** que la componen.

Nombre: _____

PIZCA DE SAL

Contenidos

Polinización
Germinación

Actividades

Refuerzo: 1 y 2

5 Para pensar y relacionar

1 Compara estas dos fotografías. ¿Cuál crees que representa semillas, y cuál granos de polen? Razona la respuesta.

2 Imagínate que te dan unos granitos y no sabes si se trata de **polen** o de **semillas**.

Busca un **experimento** que te permita comprobar si esos granitos son semillas o granos de polen. Escribe aquí los pasos para realizar tu experimento:

a) _____

_____

_____

b) _____

_____

_____

c) _____

_____

_____

Nombre: _____

Contenido
Agricultura

Actividades
Refuerzo: 1
Complementaria: 2
En equipo: 2
Interdisciplinar con Plástica: 2

6 Para buscar información

1 Busca información en Internet o en una biblioteca sobre el cultivo de las **cerezas** y contesta a las siguientes preguntas:

a) ¿En qué época **florecen** los cerezos?

b) ¿Qué **tipo** de **polinización** necesitan estas plantas, mediante el viento o mediante insectos?

c) ¿Qué **condiciones** de luz, agua y temperatura necesitan estos **cultivos**?

2 En equipos de cuatro, imaginad que sois agricultores y que queréis empezar a cultivar una planta. Elegid la planta, buscad información sobre su cultivo en Internet y elaborad un mural sobre dicha planta (dónde y cómo se cultiva, etc.).

Dibuja aquí la planta que habéis elegido y anota sus principales características.

Nombre: _____

7 Para pensar y relacionar

1 Observa estas dos flores. Una de ellas es polinizada por insectos; la otra, por el viento. ¿Cuál crees que es cada una?

a) Ha sido polinizada por _____

b) Ha sido polinizada por _____

2 ¿En qué te has basado para responder a la pregunta anterior?

Viento: _____

Insectos: _____

3 ¿Qué características suelen presentar las flores que necesitan atraer insectos para ser polinizadas?

_____

_____

_____

Nombre: _____

8 Para aprender valores

1 Las abejas domésticas viven en colmenas y se reparten el trabajo. Busca información sobre las distintas actividades de las abejas en las colmenas y apunta aquí debajo los datos más curiosos que hayas encontrado:

_____

_____

_____

_____

_____

_____

_____

Contenido

Insectos polinizadores

Actividades

Ampliación: 1

Complementaria: 2

En equipo: 2

Interdisciplinar
con Plástica: 2

2 Con **tubos** de **papel higiénico** pintados de amarillo y pegados entre sí, vamos a hacer un **panal de actividades** para la clase.

a) Cada niño **pinta** su tubo de **amarillo**. Luego se pegan todos. (Cada alumno debe recordar cuál es su celda o tubo).

b) Cada alumno piensa en alguna **actividad** que sirva para **mejorar** la clase. Luego, escribe esa actividad en un papelito y lo dobla. El profesor recoge los papeles y los coloca al azar en las celdas del panal.

c) Al día siguiente, cada niño irá a su **celdilla** y realizará la actividad que figure en el papel que le haya tocado. (Podemos repetir la actividad una vez a la semana durante todo el curso, o cada día durante una semana).

Nombre: _____

| Contenido |
| Agricultura |

| Actividades |
| Ampliación: 1 y 2 |
| Interdisciplinares con Lengua: 1 y 2 |
| Interdisciplinar con Plástica: 2 |

9

Para expresarse por escrito

1 Imagínate que los padres de Puck llegan a Tierra 5 para ayudar al equipo del Maverick. **Escribe** un **diálogo** entre los padres de Puck y los padres de Adrián cuando se conocen por fin.

_____

_____

_____

_____

_____

_____

_____

2 Dibuja y escribe una **viñeta** divertida con los robots **Yuna** y **Asek**.

Nombre: _____

10 Para comprender lo leído

1 Lee el siguiente texto sobre las abejas:

Las abejas tienen el cuerpo cubierto de unos pelos plumosos con carga electrostática, a los que el polen se adhiere. Además de cosechar polen en las flores, las abejas cosechan néctar, que es un alimento altamente energético por su contenido en azúcar. Algunas especies primitivas de abejas transportan el néctar y el polen mezclados, pero las abejas domésticas presentan unos órganos especiales para transportar el polen llamados corbículas, que están en las patas posteriores.

2 Después de haber leído el texto de la actividad anterior, contesta a las siguientes preguntas:

a) ¿Por qué les gusta a las abejas el **néctar?** _____

_____

b) ¿Qué son las **corbículas?** _____

_____

c) ¿En qué se **diferencia** el polen del néctar? _____

_____

Nombre: _____

Ana Alonso
Misión Tierra 5
Ilustraciones de Sr. Sánchez